아버지의 손수레

아버지의 손수레

초판 1쇄 발행 2024. 9. 10.

지은이 남궁증
펴낸이 김병호
펴낸곳 주식회사 바른북스

편집진행 김재영
디자인 김민지

등록 2019년 4월 3일 제2019-000040호
주소 서울시 성동구 연무장5길 9-16, 301호 (성수동2가, 블루스톤타워)
대표전화 070-7857-9719 | **경영지원** 02-3409-9719 | **팩스** 070-7610-9820

•바른북스는 여러분의 다양한 아이디어와 원고 투고를 설레는 마음으로 기다리고 있습니다.

이메일 barunbooks21@naver.com | **원고투고** barunbooks21@naver.com
홈페이지 www.barunbooks.com | **공식 블로그** blog.naver.com/barunbooks7
공식 포스트 post.naver.com/barunbooks7 | **페이스북** facebook.com/barunbooks7

ⓒ 남궁증, 2024
ISBN 979-11-7263-134-5 03810

아버지의 손수레

남궁증
지음

세상의 모든 아버지, 어머니들의 넓고 깊음을 새기며

후회하고 아파하며 살아가는 우리 모두에게 위로의 글을 쓰고 싶었습니다.
아버지처럼 살기 싫었던, 아버지가 되어서야 아버지의 마음을 알 것 같습니다.

바른북스

한 번쯤은 아니, 아주 가끔

우리 곁에 있는 누군가가, 아내가, 자식이, 모든 아버지와 어머니가, 우리의 동료가, 우리의 이웃이 힘들 거라는 생각을 해봤습니다. 우리 곁에서 우리와 같이 더불어 살아가는 그들을 힘들게 한 건 바로 나 자신이었는지 모르지만, 저리도록 아파하며 살아가는 우리들에게 위로가 되고 싶었습니다.

아버지처럼 살기 싫었던, 아버지가 되어서야 아버지의 마음을 알 것 같습니다.

그 아픈 날의 추회追悔들을 엮었습니다. 그냥 가슴속의 말들일 뿐, 내놓기가 망설여지던 글들이지만 모진 세월을 살아가는 우리에게 따뜻한 마음의 밥, 한 끼라도 되었으면 좋겠습니다.

생각해 보면 세상은 온통 고맙고 감사한 일들뿐입니다.

그래서 모든 감사한 이들에게,

정말 고맙습니다.

정말 감사합니다.

2024년 8월

책을 엮으며

아버지의 돌탑

아버지에게 깨끗한 손이란 없었다
식구들의 애면글면을 손에 끼고
두 손이 다 닳도록 탑을 쌓던 아버지
거친 숨 하얀 입김 돌탑에다 쏟으며
어느 날은 누나의 눈물을 묻혀 오고
또 언젠가는 형님의 상처를 꿰어 오셨다
땡볕에서 마르거나 장맛비에 질거나
엄동설한 일월이면 외투 없이 얼얼해도
갈라져 아린 손등
큰 돌 작은 돌을 집처럼 앉히셨다

그 집은 돌로 지은 아버지의 분신
다 닳은 손이 만든 애가 끓는 가족사
한 단 한 단 쌓을 때마다
어머니의 근심과
저 먼 곳의 할머니가 애처롭게 매달렸다

손끝이 터져 피가 나거나
지문으로 긴 강줄기가 흘러도
껴안은 흔적과 상처 말이 없었다

아버지의 속울음이 손바닥에 고였다
손은 탑을 쌓고 집을 짓고 둥글어졌다
뾰족하면 들어가고 오목하면 내어 주며
탑 주위를 서성이는 모든 것들을 끌어안는다

바람이 왔다 가는 차가운 새벽
돌과 돌의 뿌리들이 번져 가고
아버지의 기원이 가둬 놓은
발자국만 무성한 집엔
이끼마다 눈이 붉은 아버지가
살고 계셨다

남궁증 시조집

차례

시인의 말

앞글 – 아버지의 돌탑

하나

초원을 꿈꾸며

둘

희생

셋

희망

넷

씨앗

다섯

낙토 樂土

뒷글 - 아버지의 손수레

하나

초원을 꿈꾸며

초승포구에서

이른 새벽 포구에는 사람들이 별을 돈다
한 발 두 발 따라가면 해가 찍힌 모랫벌
싱싱한 가을 낙관을 은빛으로 찍는다
막 자란 파도 속에는 시린 것이 저리 많아
떠났다간 돌아오는 연락선의 발자국들
육지의 지친 몸들을 묻어가고 묻어오고
그물을 끌어 올리는 어부들의 귀항지엔
바람 휜 가로등이 부둣가를 밝히면
물방울 툭 떨어진 거기
눈을 감는다
그녀다

아버지의 손수레

열하루째

캄캄한 인력시장 열하루째 그 사내
영하零下를 줄였다 늘렸다 줄을 선 지 열하루
배낭에 지하철 신고 걷다 보면 열하루

시린 발에 동동걸음 맘을 보탠 사람들
손가락별 하나둘 떠난 자리 셈하며
눌러쓴 열하루 한파 내일 입고 견디면

수은주에 고드름은 전기세를 끌어안고
기다리던 새벽길 열한 번째 호명에
여섯 시 햇살은 울컥,
열하루를 넘는다

씨감자

보름이 닳고 닳아 그믐 되는 산비탈

써도 써도 닳지 않는 붉은 땡볕 걸치고

어머니

굽은 등 그 후

딸려 나온

피붙이 몇

아버지의 손수레

꽃피는 손수레

거친 손 열 손가락 상처 깊은 저 손수레
질척이는 시장 안을 맨몸으로 굴러간다
꽉 물은 자식 걱정에 헛바퀴는 자꾸 돌고

깨진 무릎 덧댄 상처 헝겊으로 칭칭 감아
얼기설기 실은 짐에 살과 살을 맞대면
시장 끝 가파른 길도 등을 숙여 숨 고른다

가난한 맘 서글픈 맘 어루만져 다시 보고
수천 원의 꽃잎 호명 손 위에서 피어날 때
살 에는 햇살을 딛고 아버지! 걸어간다

소방일기 日記

1

너희는 날기 위해 꿈자리를 비운다지

방수화에 방화복 구두 대신 올려놓고

천 번의 눈 맞춤 끝에 새매¹ 되어 난다더군

2

뼈를 훑는 사이렌 긴 물줄기 거머쥐면

불길 속 컵라면 한 끼, 면발 잘린 산소통

몇 초의 생수병처럼

물을 쫓아 뒹구는 헬멧

3

이런 밤이면 생각나요

———

1   새매: 용맹을 상징하는 소방공무원의 표지장이다. 지난 10년간 54명의 소방관
     이 순직하였다.

아버지의 손수레

어머니의 붉은 밥상

침상 끝을 써 내려간 처음인 듯 마지막의

그 문장 날개를 펴고 눈시울을 나는구나!

지지리골 자작나무 숲

껍질의 뿌리마다 비상하는 함성들
일제히 하얀 깃 펼쳐 누런 펄을 날아오른다
장엄한 육지의 빛깔 푸른 허공을 넘어선다
태초의 무늬들이다, 하얗고도 말간 속내
한 꺼풀 벗을 때마다 놀도 함께 번져가고
우리들 무뎌진 가슴 휩쓸리며 걷는다
참, 고단한 마음 있거든 여기 와서 볼 일이다
나무들도 저렇게 맨발 견뎌 사느니
몸 달군 푸른빛들을 흰 눈에게 주느니

풀

풀들도 숨차도록

푸른 한때가 있다

한 줌으로 흩날리는

아득한 너를 보면

사람도 풀이되는 건

시리도록 잠깐이다

희생

가을, 천제단에서

흰 목도리 툭툭 치는 산정 구름 차갑다
편마암 바스락은 풀벌레에 낚여서
겨울을 예감하는 바람
일찌감치 매달았다

이곳에선 멧새보다 사람들이 먼저 깨어
배달된 발음들을 지문으로 층층 꿴다
한 잎의 경전 읽기가
붉게 걸린 천제단

북극성 갈앉은 나의 길을 품는다
젖은 몸 불사르는 이슬의 결빙 앞에
한 발짝 새벽 벌판을
숨죽여 걷는다

아버지의 손수레

추전역^{2}을 읽다

굳기가 철로 같던 그 사람 왔다 가네

눈밭에 쇠 신발 신고 길게 뻗은 발자국

기적을 풀어헤치고 철커덕철커덕 발소리

십 문 칠 발가락을

모으며 톺아가며

백설의 시린 종아리 무릎까지 치올리며

횡격막 빠듯한 산을 마른기침 철거덩철거덩

오던 길도 힘이 든 지 긴 그림자 지우며

점 점 점 멀어지는

숨소리

하나, 둘, 셋,

빈 역사驛舍 철그렁철그렁

아버지가 넘어가네

―――

2 추전역: 석탄 수송 역으로 건설된 해발 855미터의 국내 최고 높은 역, 무인역
   이 되었다.

광부 코끼리

규폐병동 305호 숨소리 그렁그렁
삼시 세끼 수액 한 병
목에 걸친 아버지
탄 먼지 삼겹에 싸서
검은 폐부 게워내던

창살 너머 환한 봄을
어깨너머 톺아보다
벚꽃이 그림자로
햇살 한 폭 던져줄 때
긴 코로 받아먹는 숨
목에 걸린
저, 울컥

겨울, 장성동³ 삽화

말마디 끊긴 술탁 닫힌 덧문 뼈가 얇다
긴 눈발 도리질에 골목은 지워지고
집들은 오종종 모여
불빛들을 품는다
광부이던 남편은 막장 안에 갇혔다
그날 족적 하릴없이 껴안고 보듬으면
자식들 호강살이가
일으키는 눈보라
어둑해진 전등불에 눈송이 달라붙고
막 데운 한잔 술로 칼바람을 쳐낼 때
장성댁, 겨울나무를
화덕에다 심고 있다

———
3   장성동: 국내 최대의 국영탄광인 장성광업소가 있던 동네다.

벽화, 할머니

- 상장 벽화마을[4]에서

저문 밤의 필사본이 낮달로 걸린 오후

코스모스 담벼락에 흉상이 된 할머니

핸드폰 귀엣말들을 이명처럼 삼킨다

부푼 날을 새겨넣은 두루마리 담장 따라

빠진 앞니 맞춰가는 굽어서 삭은 모정

부르튼 꽃대에 기대 그림자를 키우고,

보행기 팔걸이에 턱을 괴고 조는 장엄莊嚴

가랑잎 살풋 내려 한기를 덮어주자

입던 옷, 해를 벗어서

저녁별을 감싼다

---

4   상장 벽화마을: 태백시 상장동에 위치한 마을이다.

아버지

멍울 맞댄 실비식당 익어가는 연탄 한 장
둘러앉은 식구마다 근심 굽는 고기 한 점
어금니 씹히는 맛에 젓가락은 뜨거운데
석쇠 위에 얇게 저민 연탄 걱정 뒤집으며
많이 먹고 힘내거라 파무침에 쌈을 얹으면
실비집 육 인분은 왜,
네 식구도 허전한지
시들해진 불꽃처럼 내 몫 넣는 아이 입을
어린 날의 막장 같아 물끄러미 쳐다보면
쓸쓸한 겨울 하늘 밑
아버지가 보였다

천제단을 그리다

흩어진 기원들을 주춧돌로 모으는 붓
돌부리 모를 갈아 여백이 된 화선지에
생각은 갈필을 세워 무채색을 그린다

편마암 칸칸마다 산정의 말 흘려 넣고
획에 걸린 고운 구름 퍼져가는 축조 소리
풀들도 그림자 너머 땅거미를 짓고 있다

해거름의 잔뼈들을 붓질하는 노을 아래
바람은 발자국을 점선으로 쌓고 또 쌓고
풀벌레 두 줄 울음은 낮과 밤을 매달았다

지나온 화판 속을 샛강처럼 흐르는 길
암과 암 부딪칠 때마다
원願, 국태민안
원願, 국태민안

지금도 그날의 무명

천년 말을 쌓고 있다

막장

갈 데까지 가다 보면 막장 인생 막장 드라마
파먹을 게 없는 끝을 살다 보면 만나는데
밥 먹듯 끝을 파다가 폐광이 된 선산부

세상은 지폐 같아 들어오면 쌓아두고
막장에 도박 걸듯 단 한 번을 건다지만
단 하나 끼니를 위해 한목숨을 걸었던

파고 남은 끄트머리 뼈 앙상한 두 볼에
한가득 막장을 넣고 우물우물 넘는 노을
질긴 밥, 되새김질은
그 너머에 골이 깊다

아버지의 손수레

연탄재의 비명碑銘

장성병원 규폐병동 식은 연탄 쿨럭인다
붉은 피 쏟아낸 곳 들숨 날숨 꽂아놓고
수만 번 삽날 자국이 몸 안에서 가릉인다

막장 안 벽화처럼 억겁 세월 가둬놓고
우리라고 손잡았던 탄차들이 멈춰선 곳
머리맡 진한 향내가 숨 토하는 저물녘

한세월 강물 속을 바람으로 건너가며
끓여내고 덥혀주던 검은 황금 있던 자리
타버린 하얀 웃음이 겨울 햇볕 줍고 있다

겨울, 두문동[5]

시퍼런 눈의 뿌리 차곡차곡 부활하는
적설의 흐느낌 소리 가로누운 두문동
무너진 산골짝에선 갱구 막는 산울림

지하 막장 검은 황금 피멍으로 캐던 그곳
눈 붉은 칸델라는 길을 나눠 묻혀있고
못 채운 적막 한 점이 담채로 번진다

그날처럼 오늘 밤도 눈이 내려 쌓인다
탄차 소리 비명悲鳴 소리 거적처럼 끌어 덮고
비탈길 아스라하게 숨을 죽여 눕는다

———

5 두문동: 태백시와 정선군의 경계를 잇는 고개로, 탄광의 전성기에 석탄을 운
   반하던 고개였다. 일명 싸리재로 부른다.

아버지의 손수레

태백산

송이 눈이 떨어지다 적막 속에 쌓이면
흘러내린 무명끝에 섬섬옥수 동여매고
두 볼에 어리는 숨결 아리도록 얼얼하다
늘품한 등의 곡선 그 맵시의 자태들과
가슴을 옹그리던 순하디순한 잔뼈들이
도톰한 혈맥 그 위로 뿌드득 길을 내고
나어려 여윈 어머니 품 같은 환한 품 같은
쓸어안고 비벼도 보면 산처럼 어르던 말씀
저 산의 나무 같아라
나무가 사는 산만 같아라

추전역

풀 무더기 몸을 숙여 열차 끝을 따라가는
여치울음 사무치는 시간 멈춘 간이역
쓸쓸한 표지석 하나
낡은 역사驛舍 붙들고 있다

빈 벤치에 앉은 적막 칸델라에 불을 켜면
시린 허파 찾아가던 두 바퀴 녹슨 레일
눈 붉어 두문동 넘던
흑백사진 속 그 사람들

침목 끊긴 저탄장에 드문드문 불을 켜고
가슴속의 광구처럼 동발 받쳐 반짝일 때
강릉행 다섯 량 바다
쪽빛 역을 끌고 간다

셋

희망

아버지의 손수레

이가 빠진 상처마다 바람 쐬는 손수레
녹슨 뼈가 버거운지 헛바퀴만 게워낸다
아버지 가시던 그날
그러쥐던 골육骨肉처럼

낮달에 베인 가슴 터벅터벅 끌고 가던
두 바퀴 그 마음엔 가족사史가 딸려있다
눈물짐 오므려 안고
둥글어진 한평생!

부르트고 해진 날도 깁고 나면 따스웁 듯
비어서 환한 적막 골목길에 세워둔 채
아버지, 손 모은 창가
웃음 서넛 마중 온다

천은사[6] 붉은점모시나비

몸을 치는 쇳소리가 훑고 가는 산비탈엔
구름을 등에 지고 헐벗었던 땅의 궤적
엎드려 평생을 살던 뼈만 남은 쇠가죽

호미로 써 내려간 자식 걱정 일대기가
꽃샘바람 애가 끓어 밤을 새워 울더니만
멍든 몸 자줏빛 한숨 종루를 흔드는데

이슬의 갈피마다 옷깃 여민 범종 소리
접었다 펼치는 수만 번의 날갯짓이
붉은 점 눈물방울로
뎅그렁!
날아오른다

---

6 천은사: 강원도 삼척, 산중에 있는 천년 사찰로 각종 문화유적 및 희귀 동식물
   들이 산재해 있다.

노량진 일기 日記

익숙하게 자명종이 외투를 걸쳤다
맨땅에 등을 기대면 허기의 뼈가 만져졌다
홀쭉한 몸뚱어리가 한 평 설움에 울었다

고삐 풀린 목마련가 돌고 돌다 멈춰 서면
좌표 잃은 나침반처럼 스륵 풀린 헐거운 몸
간밤의 비망록들을 쪼그려 읽고 있다

바람 빠진 풍선처럼 쏜살같이 가는 세월
남겨진 낯선 생도 꽃으로 피어날까
노량진 검은 철골이 자정으로 치닫는데

책 속의 잔뼈들이 활어처럼 파닥이면
부르튼 눈망울에 반짝! 켜지는 느낌표 하나
오늘도 다시 뛰어지 횡단보도는 파란 등이다

아버지의 손수레

애, 끓다

캄캄한 지붕 덮고 몸 끓이는 등뼈 하나
마른 무릎 쪼그려 불길 앞에 앉아서
애간장 태우는 한생
뼛속 진액 우려낸다

펄펄 끓는 땀방울 굳세게 견딘 하루
살점들은 죄다 주고 홀쭉해진 눈시울
저무는 빈 그릇마다
자식 생각 긷는데

끓다가 끓이다가 닳고 닳아 애끓다가
그 인연 울컥 쏟는 앙상한 노구의 결정^{結晶}
막 삭힌 팔순 미소가
가득 담긴 한 그릇

추억수선공

장면 잘린 필름들이 주역으로 출연한
세운상가 시네마엔 가슴 물든 시가 있다
추억을 살리는 극장 이 세상에 한 편뿐인

그의 손에 꽃이 피는 과꽃이며 민들레가
어릴 적 호! 불던 시구詩句
반달 같은 어머니뿐일까?
한 토막 울음에 갇힌 보랏빛을 집어 든 손

차가운 맘도 어루만져야 영화 한 편 된다며
잃은 길 찾아내서 연금술로 이어주는
궁벽을 지우는 손끝 굳은살이 선명하다

아버지의 손수레

외삼촌의 외손

- 현충원 장병묘역에서

바람도 외손이면 옆구리가 허전하고
침묵의 나팔에는 손의 절규 핏빛인데
두 볼을 어르던 손길
잘린 반생 꼽아본다

흙 묻은 놀 번져가는 오늘의 언저리엔
떨림으로 눕던 산하 이국땅에 던져줬던
멍울진 지문의 궤적
비로 남은 참전사史

맞바꾼 웃음 몇 개 한 팔 지킨 둥근 땅
잿빛 포화 들끓다가 내리는 어둑 비는
눈 속에 상처를 묻고 새벽별로 떠오른다

집

괜찮다는 오목한 말 벽에 갇힌 휴대폰
잘 있지요, 하트 날린 연분홍 문자 한 통
요양원 눈물 한 소절 액정 속의 작은 집

스미다가 고이다가 맘 졸이며 살아온
자식 걱정 한평생에 집을 짓는 꽃무늬
가구주 김막녀 달고 소낙비에 잠든 여든

타향살이 곁방살이 잠이 들면 내 집일까
문패도 번지도 침상뿐인 한 칸 셋방
햇살로 꾹꾹 누른 집
집이었던 어머니

어머니의 택배

어스름이 눈을 입는 여름 땡볕 한 상자
삐뚜름한 우리 어매 적다 휘인 자식 석 자
파랑이 머물던 흔적 헐한 값이 매겨있다

손 닳은 거울 보듯 오톨도톨 땀방울 가득
뼈를 닮은 잔등 햇살 치열처럼 들어박혀
알알이 인정을 물고 입술 노을 지나가면

이가 빠진 외톨 손주 왼니 오른니 주고 싶어
메마른 눈물샘마저 담수하는 저 택배
맘 한 채 도착하는 날
소풍 오신 어머니

낙타

어둑한 새벽시장 모래 위를 걷는 낙타
늙어가는 손수레에 혹 하나를 매달고
폐지가 꿰는 등 언덕
숨찬 길을 오른다

살을 깎는 회리바람 아린 손끝 탑을 쌓고
헐벗음을 맞잡은 손 아내같이 밀고 끌면
잔등이 울대 같다며
건네는 눈, 살갑다

빗줄기에 라면발도 등 따숩게 어루만져
사막 속에 벙그는 꽃 수천 원에 활짝 필 때
곱사가 에이는 등에
둥근 햇살 얹힌다

아버지의 손수레

김밥

남한산성 김밥 할머니[7] 손맛이 김밥이다
한 줄에 이천 원 더운 마디 잘라주면
싼 맛에 고단도 함께 단무지에 저민다
육십 년 김말이에 자식 같은 단골손님
넘어진 길 툭툭 쳐서 덕담 층층 얹어준다
몇 줄기 지문 사이로 지나온 길 보이고
굽이굽이 팔자려니 먹고 자고 안 입은 삶
달걀에 시금치 입혀 시린 등을 두를 때
입동의 매운바람을
삭이는 김밥 한 줄

---

7   남한산성 입구에서 김밥 장사로 평생 모은 전 재산을 사회에 기부하셨다.

호미

비탈진 주름들이 만들어낸 호미길
온몸이 쟁기 되어 칠월 땡볕 끌고 가던
새벽의 끄트머리엔 등을 숙인 곱사등이

밭고랑에 허리 묶여 펴지 못한 열아홉
꼬부랑이 여든 해 밤은 섧고 밤은 길고
바짓단 짧은 보폭은 아리게도 저몄다

땀 한 방울 걸 수 없던 돌아보면 자갈 만 리
하염없는 독무대에 보행기 눈도 붉어
대물린 엄마의 등이
저녁달에 굽는다

아버지의 손수레

겨울 억새

중앙시장 난전에서 채소 파는 은빛 노모

서걱이는 시래기에 무말랭이 바람 한 단

터진 손

삼천 원 묶어

고마워유!

등이 휜다

손수레의 삽화

아픈 관절 끌며 절며 놀을 걷는 폐지[8] 한 짐
아파트의 긴 그림자 빈 골목 채우면
바람은 빠진 바퀴에 안간힘을 보탠다

굽은 등 밀고 가는 인정의 꽃밭에서
셀 수 없어 무게 없는 두루미와 다보탑들
쪽방촌 불빛을 끌며
지친 걸음
하나
둘
셋,

발잔등 쓰다듬는 찬밥 한 끼 따숩다
끌어안는 그의 노역 단꿈으로 쌓일 때

---

8 우리나라의 폐지 줍는 노인은 하루 1만 5천 명에 달한다.

굽은 길 펴는 두 바퀴

안간힘을 넘는다

집

– 어머니의 휴대폰

1

집을 짓는 어둠들
집으로 들어간다
옹이 져 삭은 손이 끌어안는 휴대폰
바람의 자국들마다 몸부림이 아프다

사연 많은 단축번호 횡격막에 쪼그려
파도도 없는 그늘에 그늘 입고 뒤척이면
집 나가 집에 매달린 무음의 뼈마디 한 줄

2

밤을 새운 독거가 집 하나를 밀고 간다
저 멀리 빈 대문, 아린 귓불 끝에서
늙은 집 감아 오르는
벨소리가 숨차다

해를 읽다

아버지의 기억은 굽 닳은 해로 있다
풀린 끈 조여 매며 어깨 툭! 치던 당신
온종일 햇볕을 파서
아등바등 나르시던

파랑은 살을 깎아 둥근 살을 일으키고
살에는 바퀴가 굴러 해를 입는 손수레
단 한 벌 고단한 외피
밤이면 벗어놓고

햇귀가 비쳐드는 하지에 둘러앉아
난 쾌안타, 실은 짐을 땡볕으로 읽다 보면
긴긴날 붉은 미소가
가난 위에 쏟아졌다

꽃피는 나무 도마

연주 끝난 촌집 악보 후렴 쌓는 늙은 도마
날, 새기던 가락 잃고 서울 쪽을 바라본다
난타의 두드림 문양 엇갈리던 길을 찾고

활달한 음표들이 아침저녁 드나들 땐
저 한 몸 부서지는 줄 까맣게 몰랐었다
팽팽한 피와 살 엮어 북적이던 화음들

더께 낀 먼지 털어 아파트에 들여놓고
고저를 닦는 마음 장단을 꿰맞춘다
꽃 가락, 주름에 스며
칼끝에서 반짝인다

아버지의 손수레

못

박토에 말뚝 박아 구멍 하나 걸어 본다
들여다본 그곳엔 온기 빠진 웅덩이
정강이 휘어지도록 헤쳐 간 흔적, 발갛다

발자국이 걸어 나와 옹이 하나 삐죽 문다
잘린 자리 멍울마다 햇귀 하나 달면서
목쉰 밤 긴긴 겨울을 구멍 안고 견딘다

굽쇠가 걸렸던 자리 명치 벗은 그곳에
빠져나온 자유로 몸 눕히는 아버지
쿵쿵쿵 못이 박힌다
어린 귀가 걸린다

멧돼지

에돈 풀밭 파헤치는 울퉁불퉁 중년 사내
말이 없는 식탐에는 말 저미는 그늘 있어
숟가락 놓기 무섭게
자릴 턴다
해가 든다

끼니때면 첫 줄인데 공사판은 멀고 멀어
칡뿌리 같은 함바식당 돌고 돌아 여러 해
잔 밥 터 어린것들은
눈 씻어도
식구인데

두려움에 웅크리다 다시 보는 자화상
저 날것의 허기들도 또 하루를 살았구나
식은 밥 껴안는 저녁
저녁놀을

꾹,
삼킨다

꽃미남 이발소

팔천 원, 이발합니다 커피 공짜 이발소엔
어서 와 앉으라는 말이 고운 눈짓 손짓
낯설고 속된 말들이 칼칼하게 잘리는데

헐렁한 시름들을 둥그렇게 다듬는
싼 맛보다 일품인 싹둑 잘린 피로가
폭염 속 어쩌다 손님 미소에 빗질하면

말보다도 끄덕끄덕 수화 꽃이 만발한 곳
어버버 서툰 말들이 미남으로 피어날 때
꽃으로,
이발합니다
붉게 걸린 저녁놀

몽당빗자루

오월의 구름 끝에 햇살 입는 몽당빗자루
다 닳은 손끝이 잠깐, 휴대폰을 엿본다
쓸어도 쓸리지 않는
자식 걱정 귀에 걸고

검은 문자 갓 쓴 전화 절대 받지 말아요!
울리는 보청기에 기억마저 쓸고 가는
독거의 이파리마다
공명하는 둥근 모음

쓸어도 쌓이는 봄비
꽃물 드는 보행기
푸른 액정 한 바퀴를 벨소리로 돌고 나면
주름진 몽당빗자루
깜박 졸다 봄이 된다

넷

씨앗

씨앗론

울다가
울면서,
꽃이 되는 씨앗 하나
껍질 벗는 작은 울림 웅크리자 상처가 났죠
손톱이 닳고 닳아서 초승달을 닮아갔죠

할머닌 그런 거라며 비를 뿌려 위로했고
아버진 힘을 내라며 볕을 한 줌 그러줬죠
어머닌, 어머닌 차마 눈을 감고 말았어요

어둠이 그렇게 따스울 수 있을까요
울다가 울면서 가만가만 숨소리
초승이 창문을 열고 보름달을 입어요

아버지의 손수레

무지개의 씨앗

무지개의 서랍 속엔 씨앗들이 들었습니다
아직은 탯줄뿐인 색깔 없는 그것들
호! 하고 입김을 불면 날아갈 듯 숨을 쉽니다
오이 호박 배추씨 어떤 것은 채송화
겨우내 비었던 자리 색깔 곱게 돌아와
비 온 뒤 이름을 얻어 무지개로 벙급니다

꽃씨처럼 뿌려야만 꽃 피는 씨앗들은
마음속 깊은 거기에 무지개가 있습니다
씨앗은 무지개를 품습니다
긴 밤이 짧습니다

가을, 아프간

조금만 더 한 걸음만 굽이굽이 타향길이
이다지도 밥줄일 줄 그다지도 길고 길 줄
저무는 노을 삿대에 카불 울컥 넘는데

빈 가슴 차오르는 멀고 먼 독박살이
가을비는 내리고 무심무심無心無心 내리고
연수원 국화 한 잎에
젖은 얼굴
굽이진다

검붉은 총탄 자국 길을 내는 두 볼에
초승 입는 그믐달 빗소리도 잦아들면
하늘엔 별도 만릿길
붉고 시린
아프간

아버지의 손수레

풀을 밟다

빼곡한 구둣발에 잔등 밟힌 네팔 사내
안 아빠요!
밟힐 때마다 풀의 새싹 돋나 보다
울대의 된소리들이 입안에서 벙근다

그 사내의 봉고차가 흔들리다 멈춰 선다
감싸합니다, 실어줘서 몇 푼어치 네 몫처럼
괜찮아 바람 불어도 줄 거라곤 말뿐이지만

새벽시장 어스름에 말초리로 배를 채우면
뽑 돈은 이국의 말이 맘속에도 모질었을까?
밟히다 풀이 죽어도
감싸해요!
풀이 눕는다

위미 동백

위미를 걷다 만난 나 하나의 사랑아,
열일곱 동백 위에 아기집을 달았구나
풍설에 새파란 볼이 차갑게 얼었구나

동짓달 사나웁게 치마폭을 감던 바람
찢겨나간 상처 위에 달빛 하나 내려앉고
선홍빛 눈물의 속살 뚝뚝 질까 애처로워

잔설은 몸살이 되어 만 갈래로 에이고
산란의 후득임소리 꽃잎들이 몸을 풀 때
사랑은 붉은 후에야
저토록 붉은 후에야

문득,

벚꽃이 살 부딪는 윤중로 갓길에서
잔기침에 저미는 눈빛 툭! 치고 지나간다
문득, 맘
붉어지는 사람
마음속의 한 사람

해 뜰 녘 그 자리 화톳불에 가슴 쬐던
봉고차에 가족 생각 방지턱에 움찔하던
야윈 눈 어깨동무에 등을 기대 꽃피우던

그래그래 생각하면 한강 변의 젖은 갈숲
버석대는 저 길에도 때 절은 강은 흐르고
문득, 획! 뒤돌아보면
아득한
길 끝
저기,

소양호, 날다

햇귀가 머물던 자리, 별밭이 활짝 핀다
별 떼는 오케스트라 깃을 펴는 심포니
배경은 찬란한 은무銀舞 소나타를 연주한다

때로는 호른처럼 한 줄기 비올라처럼
일렁였다 잦아드는 갈 억새의 지휘에
콕콕콕 찍는 두루미 앙상블을 수놓는다

천지간에 금빛 은빛 화려했던 빅뱅 오페라
기립하는 피날레 일제히 물을 박차면
텅 비어 별이 되는 강, 날아오른 소양호

혈거시대⁹

한강 나루 지척인데 거슬러가면 아득하다
중년의 사내 하나 들로 뛰던 발자국
맨발을 품에 안은 채 밀랍이 된 숨소리

만지면 새 나올까 눈으로 쓸어보면
갈고리, 옹이진 발이 빌딩 숲에 허덕이고
입 다문 유리의 적막 네온 속에 부서진다

벽들이 닫히고 생의 속도 내려논다
질박한 노을 건너 저녁 불을 당길 때
반지하 때 절은 셋방
혈거의 꿈 아려온다

---

9 서울 암사동 선사 혈거 유적지

떠돌이별 네팔리우스[10]

광년의 빛을 건너와

한 줄기의 별을 본다

그 별의 창을 열면 올록볼록 외계인이

걷거나 뛰는 자세를 등짝마다 새겨 넣고

수면水面 혹은, 땅의 뒤축을 야금야금 파먹는다

쏙 들어간 물의 자국 그 빛 하도 고와서

긴 빨대 가슴에 꽂고 푸른 별을 사각이면

두고 온 별 네팔리우스 망막 속에 투명하고

터진 멍울 속 꽃잎들이 유성우로 흐를 때

우러른 하늘엔 문득,

멀고도 먼 북극성

---

10 네팔을 포함한 해외 이주 노동자의 숫자는 200만에 가까운 것으로 추정되고
   있다.

아버지의 손수레

화살표, 다시 뛰다

웅크리고 엎드려 포복하지만 그대는
먼 저쪽의 이쪽 닿지 못한 푸른 로망
열 마딜 잠재우는 빛
부서지는 어둠들

닻에도 묶이지 않는 앞으로만 향하던 길
손잡은 기마자세 해진 발을 움켜쥐면
바람은 화살 같아져
촉이 살아 돋는데

새벽 불빛 어스름에 살 부딪는 노량진
직진의 신호 하나 풀린 이름 조여 매면
파란 등 횡단보도를
해로 뛰는 네가, 보인다

나무 도마

칼날을 등에 업은 우묵한 나무 도마
칭얼대던 유년을 온몸으로 삼키며
어물전 좌판으로 산 닳고 닳은 저 그늘

하굣길에 맘 새긴 해 저무는 가을날
오므린 손 갈고리로 실핏줄을 모으면
투정의 빈 새벽마다 피멍들은 외롭고

회사로 마켓으로 까마득히 잊고 있던
땟국의 바람들이 감춘 손을 내밀 때
도마는 칼을 품었다
바닥이 너무 깊다

에밀레종

몸에 새긴 천년 한^恨 사방 자줏빛
울려서 퍼지거나 스며서 침묵해도
보일 듯 품은 적막은
한 천년을
가겠다

소리가 묵언에 들면 빛이거나 어둠이거나
고요 속의 생각이 안과 밖 어디에 있어도
간직한 기억은 남아
종소리가
되겠다

겨울 낙타

도시의 황사 바람 쌍봉에 짊어진다
키만 불린 아파트 개미구멍 층층마다
신고 온 달빛의 무게
온기 실어 부린다

사구 넘는 사내 등에 불룩해진 가장의 짐
나눠서 질 수 없는 모래바람 잦아들면
뼈마디 품는 모랫벌
적설 울컥 쏟아내고

멀고 먼 오아시스 얼어버린 발자국
등 위에 걸머지고 낙타는 길을 간다
두꺼운 사막 한 권이
눈보라로 배송된 밤

　　　　　　　　　　　　아버지의 손수레

이중섭 거리

은지화 물든 동백 뚝뚝 지는 서귀포
하늘은 노을을 신고 보폭 넓게 걷는다
발자국 하얀 설레임 불을 모두 밝히고

깊고 맑은 소의 눈이 풍랑 한 점 몰아간다
워낭소리 노란 골목 돌담 하나둘 일어서면
눈물도 호주머니처럼 꺼내 보는 사람들

끌어안고 손 모으면 정다움도 길이 된다
바람에 실려 가다 바다가 그리워서
잠든 채 섬이 돼버린
거리 파란 이중섭

월평 포구

삼다도 바람 깊은 곳
숨비소리 출렁인다
물을 깁는 은빛 투망 목선 몇 척 귀를 대고
해조음 금 간 여울을 돌로 쌓는 갯포구

밀려왔다 밀려가는
하늬바람 감긴 선창
집어등 손자국마다 조기 갈치 깃 세우면
수심도 푸른빛으로 잠재우던 어머니

그 마음 꿰매는 바다
노을 삿대 붉은 눈은
한없이 깊은 가슴 포말을 감싸 안고
그윽한 만선의 달빛 포구에다 쏟는다

아버지의 손수레

다섯

낙토 樂土

카투니스트[11]

- 달, 그리다

달 하나 달려고 척추를 세웁니다
여백을 걷어내고 홑겹의 박토 위에
점과 선, 선한 필법을 둥글게 그립니다

걸음이 멈춘 화폭 그림자만 부푸는 달
풍선처럼 꾹 누르면 반대편엔 더 낀 상처
살갗이 닳아버린 손 아플까 보듬습니다

붉은 말 한마디를 표면에 새깁니다
울퉁불퉁 방콕 들이 스며든 지 사십 년
어둠을 이겨낸 햇살 눈 부시어 감습니다

붓질의 잔소리에 앉은뱅이가 핍니다
향긋한 파스 내음에 창문을 엽니다

———

11 척추결핵 카투니스트 지현곤 씨는 평생을 두 평 쪽방에서 카툰을 그렸다.

아버지의 손수레

메마른 둥근 화판에 달이 뜹니다, 환합니다

움직이는 탑

남들이 버린 박스 탑처럼 쌓는 노인
찢긴 눈초리 한 장 한 장 손수레에 묶어서
한 조각, 숨결 얹으면 두둥실 부푸는 탑

쌓으면 쌓을수록 흔들리는 저 하늘
해지고 바랜 몸은 거리로 몰리지만
낮달이 지나간 자리 탑 하나가 생긴다

끈질긴 테이프처럼 자식 걱정 달라붙는
해지한 호강살이 도돌이표 귀갓길에
할머니 밝아지라고
저녁별로
미는 탑

화살표 쏘는 남자

남자는 궁사였다, 한 눈 감고 외눈으로
뾰족한 방향 따라 화살촉에 꿈을 걸면
명울의 고시원 불빛 그 잔뼈가 자라났다

눈물은 밤이 벗은 새벽들의 짧은 정답
콕 찍은 컵밥 속을 유턴으로 걷다 보면
오답은 날개를 펼쳐 화살표를 만든다

좌우 없는 팽팽한 줄 직진 위에 올려놓고
삼십 촉의 남풍을 활에 걸어 당긴다
과녁을 해로 걷는 너,
명중이 켜진다

휴대폰의 소

사내의 휴대폰엔 늙은 소가 살고 있다
귀 익은 써레질에 어둑어둑 눈을 뜨면
비탈진 보습이 만든
손에 쥐는 발자국

풀무질에 쌀 안치던 새벽별을 산에 묻고
농사도 때가 있다며 이튿날도 멍에 지던
늙었소, 붉은 눈망울
열린 창을 다시 닫고

땅거미로 매달리던 자식들이 만든 새집
거친 숨 몰아쉬던 쟁기질을 품을 때
휴대폰 목덜미 가득
워낭소리 차오른다

아버지의 손수레

제비

허기 입은 제비들이 외투 깃을 세운다
널빤지에 올려놓은 초록의 흔적들을
화물차 날갯죽지에
햇살처럼 싣는 가족

온기 감는 부리 끝에 생채기를 달고서
날갯짓 번질 때마다
포닥이던 어린 새
어느새 자음을 품어 빈 번지를 에돌고

자욱한 솜털 뭉치 집 곳곳에 남겨놓고
가을옷 달랑 걸친 무너진 어깨 하나
시장을 한 바퀴 돌아
놀을 울컥 넘는다

행복 수선공 2

허기진 길 맘을 덧대
길을 깁는 중년 사내
손 닳은 그만큼이
상처로 들어박혀도
한 켤레 사연 맞춰서
풀린 끈을 이어준다

오늘도 칼날 세워
마름질로 못을 박고
때 묻고 까진 얼굴
헝겊으로 닦아주면
문 없는 싱싱 구둣방
온기 얹어 따습다

손에 낀 보푸라기에
젖은 인정 매달린다

　　　　　　　아버지의 손수레

구두가 밟는 자리
갈꽃 무더기 피어나면
한평생 구두 아저씨
터진 손끝이 살갑다

꽃 피는 수화

시장바닥 한 귀퉁이 말을 굽는 농아 부부
퇴근길 눈총을 담아 반죽 위에 몸을 풀면
아린 밤 가로등 아래 붉은 달이 떠오른다

오고 가는 헌 덕담 눈빛 담아 빚어낸다
말보다도 마음이란 걸 사람들이 아는지
봉지 속 붕어 몇 마리 달빛 함께 출렁인다

둥근 언덕 앞서는 걸음 가쁜 숨이 밀어주고
마중 나온 웃음 두엇 이불 당겨 별을 세면
꽃 피는 수화 두 송이 아침 햇살에 빛난다

아버지의 손수레

간판論

스타벅스 블루헤어 난무하는 전쟁터에
칼과 화살 꺾은 채로 지키고 선 늙은 장수
둘러친 성벽을 홀로 별똥별이 밤을 가른다

옆에 찬 긴 칼 한때 암흑에도 빛났다
무딘 세월 날도 삭아 청동 수염만 쓸쓸한데
투구 쓴 한강 갈매기 도심으로 굽이진다

돌아보고 돌아봐도 먼 세월 그대,
광화문에서
천년세월 변함없는 남 옷 아닌 내 옷 입고
겉보다 알맹이 꽉 찬 간판 하나 달고 싶다

10번 타자

타순도 10번이면 기다림이 푸르다
부르면 튕겨 나갈 듯 덕아웃의 오리타법
포물선, 담장 저 너머 피날레를 꿈꾼다

내야석의 함성들이 투 스트라이크를 던진다
스치는 무명 10년 어머니의 집밥 한 끼
그 순간 몸을 던지는
단말마의
데드볼

아버지의 손수레

빈 소주병의 詩

개 짖는 골목길에 긴 휘파람 누워있죠

한없는 풍경들을 가슴에 들여놓고

물소리 닿는 어깨 어디쯤 그만큼의 빈 몸으로

저 몸으로 언젠가는 써금써금 댓잎들도

새벽 달빛 밤새도록 이슬같이 받아먹고

부풀은 눈발이 되어 지난 자국 덮었겠죠

빈 것에는 침묵이란 향기 오래도록 고여있죠

획, 스쳐 지나고 보면 모두가 눈물이었음을

찬 바람 풍경소리에

함께 울어줄

당신!

오늘

만년 사원 시침^{時針}이 해를 조금씩 갉아먹네

동지섣달 긴 어둠이 달 뒤로 떠오르면

오늘이 족적을 끼고

왼발 오른발 쓰다듬네

아버지의 손수레

천마총 말다래

붓끝을 곧추세워 수피 한 장 읊는 사내
황초령 무명장수 원으로 그려 넣고
지긋이 눈을 통하여 긴 벌판을 응시한다

사방으로 포효하는 그를 닮은 힘찬 안광
날개 입힌 말갈기를 한 땀 한 땀 직조하면
애끓는 말발굽 소리 손끝을 아려온다

들려오는 뽀얀 먼지 잔등 위에 스러지고
애모의 빛나는 붓이 평원에서 꺾일 때
단말마, 인연을 뚫고 날아오른 백색 영혼

아쿠아리움[12]

네가 살던 서태평양 필리핀의 작은 군도

환승하는 어창 안의 뜯긴 비늘 그 자리에

물속에 빨대를 꽂은 헐값 매긴 눈초리들

한 옴큼의 밑밥 물고 포물선을 그릴 때

갈채의 유리 벽 너머 낯선 땅의 환한 나라

번호표 긴 꼬리마다

날은 차고

줄은 긴데

빠져나간 입구에 꾸겨지는 아쿠아리움

문은 아직 열지 않고

길은 아직 기적 없고

아가민 살아있다고

---

12 남구로역 인력시장은 국내외 노동자들의 최대 인력시장이다.

98   아버지의 손수레

줄을 선다

해가 든다

가을, 경주행

빗금 하나 지우기 위해 새벽차에 몸 싣는다
자전의 시간 들은 야윈 뿌리 억새를 입고
첨성대 별이랑마다 마음 밭을 일군다

휘어지던 유년의 강 샛강 튼 지 오래고
마른버짐 깔깔대며 빈 가슴에 번져가던
꺾다 만 자개천 변이 노을 삿대로 부딪힌다

덧칠이길 거부했던 하염없는 날들 앞에
경리단 숨찬 길이 햇살 끝을 모으면
종소리, 겨울 예감에 귀 밝히며 걷는다

아버지의 손수레

말을 조각하다

– 피그말리온

사내의 가는 손이 둥근 말을 깎는다
칼끝으로 도려내는 날카롭고 예리한 말
뭉툭한 말들과 함께 바닥으로 나뒹군다

말의 잔해가 쌓일수록 부푸는 군말의 덫
한 꺼풀씩 벗겨내면 곡선의 말 살아나고
부딪쳐 튀던 말들이 고운 말로 벙근다

바람도 스치게 하는 잘 조각된 말들의 힘
날렵한 손 조각도 세워
숨결마저 불어넣으면
어둠을 달리는 말들
빛 소리를 좇는다

그날 그 후

― 용머리 해안에서

산방산 끝자락에서 흐른 세월 짚어본다
눈감으면 선명한 귓가의 긴 철검 소리
잘리던 야사의 밤은 꼬리로나 흐르고

오래전 그 자국 남아 비릿한 혈, 탁! 터지면
청룡으로 살아올까 비명의 곳, 그날 그 후
벼리고 벼린 파도만
여백에 한 점
파랗다

아버지의 손수레

가을 민들레

깨진 블록 어둠 사이 레쌈삐리리 올라온다
손에 쥐면 빠져나갈 듯 숨을 참는 노란 잎들
하나둘 철근을 밟고 더껜 상처 오므린다

이국도 정든 하늘 덧문 닫은 가을 같아
굽다가 굽으면서 몇 번이고 홀로 섰나
찬 서리 불빛에 튕겨 새벽바람 일으킨다

등짐도 허기져서 멀기만 한 일당^{日當}의 놀
뜨는 강, 지는 강에 분주한 발자국들
밟혔다 밟힐지라도
홀씨 되어 날아간다

계절 사이에서 토씨들이 춤을 춘다

토씨들의 발롱이 춤을 추는 책갈피
글들은 행을 바꿔 계절 끝에 분주하고
가,
을,
이,
떨군 낙엽들
여백 위에 뒹군다

접었다 펼치면 긴 겨울이 착지한다
혼자는 갈 수 없는 봄이랑 겨울 사이
가쁘게 궁굴린 어미 꽃들이 만발한다

여름이면 돌아오는 낱말들의 푸른 반란
지친 초록 물들은 환절통의 이, 가, 을, 은,
이슬의 붉은 문장을 마침표에 매단다

아버지의 손수레

서울, 전단지를 받다

명동로 일 번지에 하이힐의 그 여자
달빛 핥는 꿀벌처럼 사내들의 푸른 숨결
때맞춰 외출을 나온 미세먼지 흐뭇하다

핫팬츠에 붉은 입술, 노란 하트 명찰 달고
누르면 달려오는 공일공의 각선미
365그램 무게를 달아 꼭 그만큼만 손 내밀면

자정의 지퍼 올리며 열린 셔터가 닫히고
립스틱 삐죽 선 거리 한 바퀴를 돌아 나오면
가슴의 흥건한 땀이
염천으로 흘렀다

서귀포

바람

봄에는 봄바람 겨울 지나 봄바람

그녀의 치맛자락 자고 나도 봄바람

귀에다 두 눈을 꿰어 뱃소리를 엿듣네

돌

쇠소깍 돌담길을 굽이굽이 목숨 하나

밟히고 밟히다가 튀어 오른 울혈이

탁! 터져 쏟아진 곳에 눈만 빼꼼 바다를 본다

억새

서울 한쪽 살던 곳을 화산도에 착착 접어

백년초 종려나무 묻지 마라 살았더니

따라비 억새가 핀다 은가락지 반짝인다

동백

아버지의 손수레

우리라고 써 내려간 가을과 여름 사이
동박새의 탁발들이 붉게 붉게 터지는 날
인정도 스크루처럼 지는 동백 되묻는다

10월, 성산포

가을날의 화엄이다

붉게 타는 저 포구

긴 갈치 은갈치를 혼례청에 모셔놓고

엄지 척 주례를 삼아 한판 잔치를 벌인다

눈도 괜히 시렸겠다

그런 날의 아침에는

팽팽한 눈꺼풀처럼 한라산도 목을 뽑아

휘감는 은빛 족두리 사모관대 눈부셨다

진풍경의 인정마다 살이 오른 황홀경

무진장의 인심들을 불빛처럼 끌어안으면

물드는 첫 노을마저 은빛 나라 진객이다

아버지의 손수레

갈림길을 묻다

오른손의 맞은편엔 왼손이 숨을 쉰다
왼발이 좁혀가는 오른발의 거리처럼
영역은 손짓을 당겨 발자국을 벌린다

저쪽의 낯섦이 짚어 드는 왼쪽들은
오른쪽의 길목에서 이쪽을 눈짓하고
넓고도 깊은 바닥을 왼발 오른발 내딛는다

양쪽이란 무지개엔 보태주고 덜어내는
길을 찾는 사람들의 왼손 오른손 살아있어
마음은 초록을 넓혀 정다움을 부풀린다

사전을 걷다

별 쏟아지는 국어사전, 축! 생일로 받아든
오래전 잔글씨가 검색창을 여닫는다
별 꼬리 접힌 쪽마다 자음 모음 울렁거렸던

밀어뒀던 돋보기가 푸른 날들 비춰주면
가을의 단풍들이 말아쥔 수심들
이제는 길 밖에 서서 물수제비로 떠간다

아미 곱던 발자국이 깨알같이 박혀있다
희미한 형광등 아래 빛 부시던 눈물길이
햇살에 물든 노을들
뜨고 지던 새벽길이

아버지의 손수레

아버지의 돌탑

노인의 앙상한 뼈가 발자국을 쌓는다
들끓던 것 한 단 두 단 수심으로 얹은 부정父情
일시에 툭, 무너질까 잇바디가 물고 있다

돌탑을 오를수록 흔들리는 저 하늘
달 구름 쥐었다 놓은 바람의 자국들
지문을 벗은 후에야 이룩한 집 한 채

햇볕이 살을 뚫고 잔뼈들을 모은 채
창문을 빼꼼 열고 탑 안으로 들어간다
햇살의 분신을 입는
아버지의 눈, 붉다

아버지의 손수레

오래전부터 그 손수레는 묵화처럼 골목을 지키고 있었다. 누구의 시선도 오래 머물지 않았다. 내게도 그 수레의 존재가 어렴풋이 눈에 들어온 건, 그래서 '아! 저기에 낡은 손수레가 있었구나' 하고 느끼게 된 건 얼마 전부터다. 무심히 지나치던 손수레가 퇴근길 석양을 받아 그 민낯들을 낱낱이 드러내고 있을 때, 가슴속에 울컥하던 이미지가 머리를 떠나지 않았었다. 손수레가 끌던 평생의 짐은 얼마나 되었을까? 그 짐을 내려놓고 헛바퀴만 게워내는 손수레를 보며, 보이는 물질의 짐보다 안 보이던 눈물의 짐은 얼마나 되었을까? 생각하곤 하였다.

아버지는 손수레꾼이셨다. 처음 수년간은 지게를 지고 시장의 짐을 날랐다. 그러나 몸을 쓰는 일은 쉽지 않았다. 무리한 노동으로 병을 얻었다. 보름 정도의 병치레를 하시고 난 후 아버지의 낡은 몸을 대신해 준 건 손수레였다. 아버지는 인근의 고물상을 뒤져 모습도 궁색한, 폐품에 가까운 손수레를

장만하셨다. 낡아가는 아버지의 몸을 손수레로 대체할 생각
을 하셨으리라.

일찍이 상처^{喪妻}하신 아버지셨다. 덕분에 자식들 키우는 일
은 전적으로 아버지의 몫이 되었다. 그 탓에 아버지의 몸은
손수레가 되어야 했다. 물려받은 재산 한 푼 없이 살아야 했
던 헐벗음으로 시장의 막노동부터 청소부, 손수레꾼까지 마
다 않던 아버지셨다.

아버지는 피폐해 볼품없었던 그것을 온 정성을 다해 손질하
여 꽤 쓸만한 손수레로 탈바꿈시켰다. 녹슨 몸을 페퍼로 갈
아서 어느 정도 때를 벗겨냈고, 휘어진 손과 바람 빠진 두 발
은 맑은 공기로 채워 넣었다. 추운 겨울날 손수레는 아버지
를 따랐고, 아버지는 손수레를 끌었다.

손수레는 아버지 신체의 일부였다. 못 가는 곳이 있어도 안
가는 곳은 없었다. 관절로 고생하시는 아버지를 대신해 손수
레는 아버지의 든든한 두 다리가 되어주었다. 아버지가 보기
엔 손수레는 자식 같았다. 아버지는 조석으로 손수레를 닦고

보듬어 주었다. 날이 새면 아버지는 입이 있는 자식들을 위
해 새벽밥을 해놓고, 입이 없는 손수레를 끌고 집을 나섰다.
후미진 언덕 너머 시오리 길을 어둠을 등불 삼아 시장으로
향하셨다. 길을 막는 찬 바람을 손수레는 앞장서 헤쳐 나갔
고, 뒤에서 방패막이가 되기도 하였다. 둘레는 컴컴했지만,
아버지와 손수레는 서로 의지가 되었다. 아버지는 손수레의
몸을 바친 희생에 감사해 하였다. 그러나 손수레는 말이 없
었다. 그저 묵묵히 차가운 겨울바람에 살 부딪히는 소리를
내며 목적지를 향했다. 손수레도 아버지도 몸 곳곳에 상처로
인해 흉터가 생겼지만 누구 하나 아프다고 말하지 않았다.
다만, 아버지는 아침마다 손수레의 아픈 상처를 손으로 쓸어
주었다. 손수레는 아버지의 걸음마다 푸르륵 푸르륵 바람의
소리로 아버지의 안부를 묻곤 하였다.
손수레의 벗겨진 손잡이가 거친 바람에 흠뻑 드러나고 얼기
설기 꿰맨 널빤지에 네모난 몸뚱이가 허연 달빛을 받으면,
아버지는 연신 거친 입김을 손수레에 내뿜으며 조금만 더 가

자! 조금만 더 가자! 재촉하셨다.

아버지는 붉은 낮달을 그러쥐고 있었다. 가슴 한복판엔 응어리진 그늘이 자리한 지 오래다. 손을 뻗으면 자식들이 주렁주렁 딸려 나온다. 아버지는 손수레에 자식들을 싣고 한평생을 구르셨다. 짐칸의 반은 눈물이었으리라. 이가 빠진 상처마다 바람이 불었으리라. 아버지가 생각하는 등 따숩고 끼니 걱정 없는 단란한 가정이, 그 희망의 원천이었음을 이제야 알 것 같다.

아버지의 손수레는 쉬지를 않았다. 중앙시장 좁은 바닥, 손수레가 갈 수 있는 곳이면 어디든지 굴러갔다. 고향처럼 버스 대합실을 들락거렸고, 내 집같이 역을 오갔다. 수풀 같은 시장 밖 아파트의 승강기 앞에서 고단을 내려놓았고, 호화로운 주택의 초인종 앞에서 설움을 풀어놓았다.

그때, 아버지들의 희생이 비단 내 아버지뿐이었을까? 먹고 사는 것에 아버지들은 목숨을 바쳤고, 모두가 손수레가 되어야 했다. 두 다리에 가난이라는 짐을 싣고 두 팔엔 가족이라는 희망을 그러안고 준령을 넘어야 했다. 누구나 할 것 없이 어려웠지만, 아버지들은 그랬다.

아버지는 '남궁 씨!'로 불렸다. '이봐요'가 애칭이었고 '어이'는 별칭이었다. 핸드폰이라는 연락 매체가 없었던 그때, 아버지는 시장 한 귀퉁이에서 귀를 쫑긋 세우다 누군가 부르면 휘파람새처럼 달려갔다. 다른 사람보다 먼저 도착해야 했다. 그렇게 손수레를 앞세우고 도착한 곳에는 숱한 사연들이 대기하고 있었다. 자잘한 가난과 애달픔이 수레에 실렸다가 어디론가 뿔뿔이 흩어졌다. 도시로 몰려가던 이직 농의 보따리가 그랬고, 배고픈 동생들을 위해 서울로 가던 누나들의 눈물이 그랬다. 또 하루아침에 부자가 된 졸부들의 세간이며, 자식들의 일 년 끼니가 실렸고, 시장의 크고 작은 상품들이 역으로, 회사로, 가정으로 배달되었다.

손수레엔 웃음 반, 울음 반이 날마다 엇갈렸다. 셈할 수 없는 나날들이 손수레를 거쳐 갔지만, 아버지에겐 자식들의 근심에도 못 미치는 몇 푼의 운반비와 삐걱거리는 관절의 아픔만이 남아 있었다.

내가 아버지의 손수레에 실려 동네를 떠난 건 첫 직장을 얻고서다. 아버지보다 더 낡아가던 손수레에 몇 개의 짐을 싣고서 버스에 몸을 실었다. 아버지는 내게 몸을 잘 굴리라고 말씀하셨다.

"몸 부려 빌어먹는 놈은 몸 성한 게 최고야!"

유언 같은 말씀을 하셨다. 차창 밖으로 멀어지는 아버지의 모습이 손수레의 낡은 이미지와 겹쳐 측은해 보였다. 눈이 시려 왔다.

언젠가 아이들에게서 엄마 없는 아이라고 놀림을 당했을 때도 나는 울지 않았다. 하굣길에 몇몇 업신여김에도 나는 몸싸움으로 울음을 대신했었다. 단란한 부모의 울타리에 둘러싸여 시장을 활보하던 친구의 웃음에도 콧방귀로 부러움을 감췄다. 별이 뜨는 한밤의 기다림에도 울지 않았다.

그러나 시장 구석에서 차례를 기다리는 손수레의 둥근 바퀴를 보면 아버지가 생각났고, 길을 가다 청소부의 구부린 등을 보면 왠지 코끝이 찡했다. 어느 골목 어귀에 세워진 바람 빠진 손수레를 보면 마음이 저렸다.

막, 병원 영안실에 들어섰을 때, 네모난 석양을 베고 낡은 손수레는 처연히 누워 있었다. 깡마른 몸과 움푹 꺼진 두 눈, 쪼글쪼글해진 손등이 손수레 같다고 생각했다. 그동안 굴러왔던 숱한 길들을 저 손수레는 기억하고 있을까? 나도 모르는 아버지의 길들을 저 몸은 어디에 새겨 넣은 걸까? 주름의 마디마다, 아니면 세월의 잔가시 같은 몇 올의 백발 속에 간직하셨던 것일까. 아버지의 몸을 보며 나는 생각했었다.
가족과 자식들을 위해 육신이 다 닳도록 헌신해 왔던, 저 뼈만 남은 앙상한 몸을 위해 내가 할 수 있었던 유일한 일은, 아버지의 삶을 파먹는 것뿐이었다. 살면서 따뜻한 밥 한 그릇, 말 한마디 대접하지 못한 채, 오체투지의 마지막을 쓸쓸하게 홀로 가신 몸 하나!
새벽을, 아침을, 저녁을, 묵묵히 자식의 안녕을 지켜보셨을 아버지. 생존이라는 삶 앞에서 인간의 기본적인 욕구마저 포기해야 했던 아버지 앞에서 나는 단 한 번만이라도 당신이 최고였다고 말할 수는 없었는지. 고맙다는 한마디의 말로 아버지의 묵묵함에 화답할 수는 없었는지. 그 가시는 길에 따뜻한 마음 하나를 덮어드리고 싶었다.

망각은 항상 노을빛 같다. 잊혔던 낡은 손수레가 기억으로 되살아난 건 추억 때문이다. 어느 때부턴가 동네의 골목길에 세워둔 손수레를 보며 아버지를 떠올리곤 했었다. 어느새 낡아가는 내 몸같이 그 낡은 손수레는 아무 곳에도 가지 못한 채 녹슨 관절을 꺾은 채 누워 있었다. 그 손수레를 보며, 가는 것이 있어 또 오는 것이 있지 않겠나 생각했었다.

며칠간의 출장에서 돌아오던 봄날이었다. 퇴근길의 여유가 낯익었던 골목길, 한곳에 가닿았다. 누군가가 부려놓은 낡은 손수레가 있던 자리였다. 골목과 빛바랜 상점을 이어주던 허름한 벽과 벽 사이였다.

가던 길을 멈추게 한 그 자리엔, 몸뚱이에 알록달록 색을 칠

한 손수레 꽃밭이 생겨나 활짝 웃고 있었다. 해진 손과 부르튼 발엔 따뜻한 인정을 둘둘 감았다. 낡고 낡아 아버지 같던 빈 몸에는 누런 흙을 가득 담아, 수선화며 붓꽃이며 민들레가 가족처럼 오종종 피고 있었다.

아버지의 자식들이 꽃으로 피어나고 있었다.